실로암 호숫가

실로암 호숫가

김춘호 시집

문지사

인생이란 참 신기한 나들이 같다. 어쩌면 내가 살아온 삶은
내 의지에 의해 선택한 길이 아닌 이미 누군가에 의해
놓여 있던 술래의 길이 아닌가 싶다. 어릴 때 배운 동요의
한 구절 "엄마의 치마 끝에 매달린 쪽박처럼" 나는 꽤
순하면서도 유난히 엄마를 따랐던 모양이다. 돌이켜보면
내가 왼쪽 눈을 다쳐 실명을 한 것도 엄마를 돕겠다는
만용의 소치로 생각된다. 그럼에도 그늘 없이 성장하여 잡지,
신문 편집자로 인정받는 직장인이 되었다. 그런데 어느 해
사내 신체검사에서 뜻밖에도 온전했던 눈마저 녹내장이라는
진단이 내려졌다.

그로부터 40여 년 성모병원 등에서 거의 매월 진료를
받았다. 수많은 이들의 기도와 도움으로 순조롭게 한
남자로서 해야 할 일을 거의 마무리한 70대에는 녹내장이
황반변성으로 악화되어 결국 실명 상태에 이르렀다.
암담했다. 반생을 숨차게 달려온 뒤 비로소 여유로운
내 시간을 가져도 되겠다 싶을 때 5년여 동안(2009~
2015년) 지옥 같은 칠흑의 어둠 속을 방황했다.

그런 어느 날 기적 같은 소식이 들려와 각막 이식의 기회를
갖게 되었다. 그것은 오로지 끈기 있게 빛을 찾아 인도해준
의사 강규동 선생님의 인술과 하느님의 은총 덕분이었다.
그 후 불완전하기는 했지만 어느 정도 기초생활은
가능해졌다. 이 무렵 대학에서 특수교육을 전공한 딸이
동병의 아픔을 나누며 생활을 공유할 수 있는
시각장애인 시설로 이끌었다. 그곳이 바로 인근에 위치한
실로암시각장애인복지관이었다.

실로암은 성경에 등장하는 신비로운 호수로 그 물에 눈을
씻으면 잃었던 시력을 다시 찾을 수 있다는 말씀이 숨은
곳이다. 물론 현실에서 그런 기적은 기대할 수 없더라도
그곳에서 만나는 사람들과 더불어 사는 지혜를 공유한다면
나름대로 동병상련의 사랑 공동체를 이룰 수 있지 않겠나
싶었다.

아무튼 나는 실로암시각장애인복지관이 천국이라고
생각한다. 만나는 이들이 사회복지사들 아니면 같은 고통을

지닌 장애인들이기에 서로 위로하고 나누려는 마음뿐이니
여기가 곧 낙원이고 천국이 아니겠는가.

이 시집은 2012년 출간한 『고죄』에 이은 두 번째 작품집이다.
실명의 나날 속에 때론 가슴을 치며 극단의 충동과
씨름하는 사이사이 손에 쥐어진 작은 종이쪽지나 휴대폰에,
빛을 향한 소망을 기록한 마음 글들이다. 전경심 문우가
이번에도 정성을 쏟아 도움을 주었다. 그리고 지난 50년 동안
건강하게 동행해준 민길자 아나다시아에게 마음의 꽃다발을
바친다. 또 시집 출간을 응원해준 실로암시각장애인복지관
주간보호센터 이용 친구들께도 고마움의 인사를 드린다.
독자들께서는 부디 사랑의 마음으로 안아주길 소망한다.

결혼 50주년 그날
2021년 12월 11일
김춘호 절

차례

$\mathcal{2}$ 부

3 부

1 부

실로암 호숫가

반평생 지병인 녹내장
끝내 시력을 훔쳐갔습니다
몇 해를 맹인으로 살아온 어느 날
청이 아범 심 봉사처럼
눈물 젖은 딸애 손에 얹혀
찾아온 실로암 호숫가
무릎 꿇고 합장합니다

바람마저 목이 메인 고요한 호수에 손을 담가
물 한 움큼 퍼 올려 눈시울, 눈동자를
거푸 씻어 내립니다
"천주의 성모 마리아님, 이제와 저희 죽을 때에
저희 죄인을 위하여 보면서만 갈 수 있게 빌어주소
서, 아멘"

헬렌 켈러는
사흘만 볼 수 있게 해 달라 소망했지만
나는 세 시간, 아니 삼십 분만이라도
볼 수 있기를 간구하는데
호수 물과 눈물이 가슴으로 스며 흐르며

수묵화를 그립니다

죄 많아 벽 속에 갇힌 삶
보이지 않아도 보이는 것처럼
파견된 새벽별 따러
한껏 내달으렵니다

좁은 문

성경보다 먼저 영혼에 각인된
"좁은 문으로 들어가라"
인생을 결정지은 이 한마디
앙드레 지드의 소설
『좁은 문』
알리사와 제롬
너와 나
영육 모두 그 안에 숨 쉰다

짝사랑 십여 년을 고백하는
숨소리도 조심스런 산책길
플라타너스 잎 떨어져
종아리까지 덮는 해질녘
뱃길 끊어진 북한강
살얼음 깨지는 소리 밟고
미친 듯이 달려간
강가의 그 벤치

달빛도 별빛도
그늘로 묻히는 숱한 나날

잠 못 이루고
뒤척이며 눈물짓는
미로의 동반 여행

영성체

꽃 한 송이 나무 한 그루
물 한 모금 거름 한 줌
뿌리지 않은
가난한 손을
오늘도 사제 앞에 펼쳐놓았다

거룩한 영성체 예식
얼굴 아닌 손에 꽂힌 사제의 눈
여기저기 갈라진 틈새에 낀
기름때와 흙먼지 흔적 너머
눈물로 맺혀 있는 고행

지나온 세월 담긴 내비게이션
손가락 하나는 어디로 숨었나
나무껍질 같은 손바닥 굳은살
얼마나 힘들고 고단한 흔적인가
사제의 눈길이 무겁다

용서

어디 계신가요
어서 오셔요
회초리보다 야구방망이가 좋아요
반평생이 지나도
지워지지 않는
뼛속까지 각인된 죄

별이 가득한 밤길에도
깊은 잠자리에서도
베갯머리 자욱한 발자국 소리
만신창이로
패대기쳐라
하늘에 닿도록 죽비를 쳐라

천국

낙원이라든가 천국은
이 세상엔 없다고
고개 젓는 이가 많았다
있어도 말로만
치부하는 이도 대부분

하지만 나는 보았다
매주 월요일에서 금요일까지
오전 아홉 시에 데리러 오고
오후 네 시에 귀가시키고
오전에 차 한 잔 올려주고
열두 시 점심시간
반듯이 식탁에 앉혀놓고
메뉴 하나하나 소개하며
맛있게 드시라 소곤소곤

다시 센터로 돌아오면
또 한 번 음료 접대
노래 공부 할까요
공원 산책 나갈까요

희로애락 애경사
웃고 울고 함께하는
사회복지사와 도우미들
어떤 가족과 형제가
이런 사랑 속에 사는가

하루하루가 맹인 잔칫날
실로암 복지관
주간보호센터
여기가 천사의 나라
천국이 아닌가

다시 베로니카

그녀의 기도는 오로지 하나
사랑의 꽃길
영육의 올인으로 가는 길
배신의 쓴 잔을 마실 때마다
바보처럼 먼저 내민 화해의 하얀 손
가까운 이웃의 거듭된 음해에도
풀잎처럼 납작 엎드려
모든 일 밥상처럼 묻지도 않고
끌어안거나 삼키는 가슴

때로는 누이처럼
엄마처럼
거듭 넘어져도
화살로 달려와 일으켜 세우는 팔

"밀알 하나가 땅에 떨어져
죽지 않으면 한 알 그대로 남고
죽으면 많은 열매를 맺는다"

죽어서 씨앗을 남기려는 신비의 히로인

나의 베로니카
찢기고 피를 흘린다 해도
주검조차 마다 않는 순애
절제 없는 방탕으로 일상을
더럽혀도 한결같은 캐시밀론
쓰레기통도 아니면서
선이든 악이든
모든 것 용서의 치마폭에 감싸며
백 번 천 번 실수를 거듭해도
보속은 언제나 꽃 같은 미소
아, 베로니카

고별

첫눈 내리는 날
대학로 마로니에공원 앞에서
만남을 약속한 연인처럼
아기 예수님을 기다리며
마음 옷깃 여밀 때

남산 해방촌 오솔길
개나리 꽃망울 돋는 삼월
부활절 문턱
사순 언덕을 오르내리는
눈이 먼 시시포스

지난 고백성사 때 남겨놓은
풀지 못한 더 큰 짐
어쩌면 새로 써야 할
인생 일기 첫 장
속죄 안고 새벽길 떠날까

편백나무 아래

산수유꽃이 수줍은 얼굴로
산모롱이 오솔길에
군대처럼 질서 있게
피어날 때였던가
파스카 준비로 수런대는 사순 시기
첫 부임 본당 보좌 신부님
이십여 리 시골 공소
자전거 타고 오셨지

고해소가 따로 없어
강당 앞마당 한쪽 다소곳한
편백나무 그늘
간이의자에 자리 잡은 신부님
일렁이는 나뭇가지 사이
신부님과 고해자
속삭이듯 주고받던 모습

수십 년을 두고두고 그리움
시방도 그런 고해소가 있을까
성스럽고 풋풋한
신부님의 보석 말씀
소슬한 바람결에 들릴 듯 말 듯

캐도 캐도 끝없는

왜 나는 지난날
은혜 입은 기억과 사람을
까맣게 잊고 사는가
일생일대의 꿈
히말라야 에베레스트 등정
동행 못한 나를 위해
에델바이스보다
값진 흙 한 줌 숨겨온 그대
녹내장이 악화되어 실명
방황할 무렵
먼 순례길에서 가져온
루르드 기적의 성수를
나눠준 그 고귀한 손

가난이 무섭고 두려워
야멸찬 결별의 첫사랑
그 밤 어떻게 귀가했을까
다음 날 확인 못한 안부

아직도 풀지 못한 숙제

배부르고 등 따뜻할 때
언제 이웃을 생각했고
기뻐 웃음 지을 때
친구의 슬픔과 눈물
떠올려보았는가
희로애락 하나하나 속에
고통 속 지인을
돌아본 적이 있는가
이 밖의 알아내지 못한 여죄
캐도 캐도 끝없는 죄의 노다지

미안해요, 미안해!

자라난 곳도 배워온 길도
서로 다르면서
어떤 호젓한 공원에서
먹이를 찾던 철새인 양
평생을 동행한 너와 나
검은 머리 파뿌리 되어가건만
바람이 어디서 와서 어디로
부는지 모르듯
아직도 단추 잘못 꿴 겉옷처럼
서로의 진주를 찾지 못한 채
망연히 오십 년을 헤매는구나
미안해요 미안해

우리는 한 길을 갈 수 있을까
천천히 조금 빠르게
더러는 늙은 느티나무 그늘
낮잠에 젖기도 하고
안식년 자유로움을 가져볼걸
참으로 길고 긴 여로
젊은 날엔 홀가분했지만

지팡이를 빌려 움직일 수밖에 없는
오늘은 모두의 황성 옛터
미안해요 미안해

그대 발길

그대인가
노크소리 같은 기척에
창문 열어보면
아무도 보이지 않고
저만큼 관악산 자락에
춤추는 아지랑이
고사목 사이로 어른어른

그대 앉았던 그 자리
새싹 다시 돋아나고
관음사 병풍으로 둘린 산수유나무
지난가을 낙엽 따라 날아간 제비 한 쌍
어디쯤 숨어서 날갯짓

세 번씩이나 예수님 부정한
베드로의 통곡에 젖은 이른 아침
영육을 뒤흔드는 이 바람
대문 열고 들어오는 소리
새 단장한 그대 발길 아니런가

잃어버린 낙원

그대 노래는 귀에 담지만
그대 사랑은
눈동자에 그려놓는다
그대 고백은 마음밭에 심지만
그대 눈물은
가슴속으로 받는다

기도밖에 매달릴 수 없는
참담한 맹인의 실낙원
맑았다 흐렸다
빛과 어둠을 공유하는
하느님의 들숨 날숨

귀와 눈동자와 마음과 가슴의 속삭임
보고 듣지 못해도 눈물 닦아주는
부드러운 손길
이제는 보일 듯 아니 잡힐 듯
는개 걷히는 새벽

성령의 불꽃

평생을 안고 살아온 녹내장
두 차례 안압 조절 수술을 거치면서
황반변성, 각막 부종으로 전이 확산
끝내 실명의 감옥에 갇혔습니다

익숙한 제 집 거실이나 화장실 이용은
달팽이가 문턱 오르내리듯 이용하지만
식사시간 반찬과 수저 놀림이 큰 문제
도움 손이 없으면 황당한 세끼
세 살배기 손자가 웃습니다

밤과 낮이 구별되지 않는
어둠속을 살고 있지만
취침 때만큼은 눈을 감아야 잠에 듭니다
청이 아버지는 심 봉사
나는 김 봉사

어제도 그제도 오늘 같은 깊고 깊은 밤
눈물은 왜 하염없이 흐르는지

그렇게 이삼 년 지나
시신경이 건강해
어디서든 각막만 구하면
수술이 가능하다 하여
여러 통로 열어놓고 정보 구할 때
의료진 앞으로 전해진 뜻밖의 속보
"내 각막을 드리겠습니다"
사례는 일절 거절한 어느 뇌사자의 유언

이름도 얼굴도 성별도 모릅니다
물론 주소도 남겨둘 리 없지요
그분의 각막
지금 나의 눈동자로 반짝입니다
첫사랑 증표 같은 성령의 불꽃

그림자

보름달 뜨는 밤
친구들과 그림자밟기놀이
밤마다 가족들의 손가락 모형 놀이
어디를 가든
나를 쫓는 낯선 나

가난했던 중학생 마지못해 묻어간 소풍
살며시 다가와 도시락 손에 들려준 담임
첫 직장 출근 날 사내 날씨 귀뜸해준 사우
근무 평가 높게 인정 승진 견인차역 선배
난관에 흔들리거나 회의할 때
사색의 길로 이끈 많은 지인
많은 그림자 밟고
오늘도 나는 숨을 쉰다

더러 인생이 힘들 땐
인류 구원 위해 죽음 택한 예수님을 본다
태어나서 마구간에 누워 계실 때
회당에서 사람들과 대화하실 때
십자가에 못 박혀 매달려 계실 때
그때마다 숨은 듯 지켜본 성모님
그분의 피눈물 어린 그림자를 찾아 나선다

문득 내가 없다

어느 날
가던 길 멈춰 섰다
문득 내가 보이지 않았다

이루어놓은 것
쌓아놓은 것
안고 있는 것
아무것도 잡히지 않았다

무엇을 찾아 여기까지 왔는가
눈감을 때도 모르리라
지금 내가 어디로 가고 있는지

촛불

안개 자욱한 먼 길에서도
손 흔들어주는 이
오직 그대뿐

칠흑 같은 밤길에 만나는
반딧불이만 해도
얼마나 행복한 길잡이던가

때로는 어두운 광장
노숙자들 무리
양지로 안내하는 미소

저만치서 노 수녀님 허리에
두 팔 둘러
인도하는 도우미의 눈빛

손

얼마나 많은 날
쥐다 폈다 거듭했던가
언제든 보다 큰 것
많은 것을 잡으려
합장했지
더 크게 더 많이
긁어모으려 했던 손

멀리 달려와
상처로 이랑진 손등
어루만져 달래며
고마워
미안해

배우 오드리 헵번의 유언
"한 손이 나를 돕는다면
다른 손은 이웃을 돕는 삶"
그러한 손이었으면

나에게 써보는 편지

미안하구나
어쩌다 여든
오늘날까지 살아오며
언제 한 번 너를 위해
시원스레 웃어본 적 있는가
소리 내어 울어본 적 있는가
모든 이의 설움 내 탓
실수 실패마저 내 잘못
부모님께
아내에게
아이들에게
늘 미안해서 어깨 늘어뜨리고

나는 네가 어디에서 와서
어디로 가는 줄도 모른 채
미워하고 매질하고
외면하지 않았던가
무엇이 모자란다고
무엇을 지니지 못했다고
나무라며 학대하고
쇳주 한두 잔에

온몸을 무너뜨린 채
주눅 들어 살게 했는가

정말 미안하다
남들에겐 수없이
사랑한다 말하면서
언제나 너를
꾸짖기만 한 지난 세월
그 모든 날을 용서해다오

나는 너를 사랑한다
이제 부드럽게 위로하고
따뜻이 안아주리

검은 눈물

삼십대 중반부터 앓아온
나의 녹내장은
사십여 년 진료도 부질없이
시각장애인 종착역에 닿았다
눈을 보살펴준 의사만 수십 명
두 차례 수술을 거치면서
황반변성 등 합병증이 깊어지고
끝내 홀로 살기 불가능한 맹인이 되었다

세상이 온통 백야가 된 채 한 달쯤
서서히 날이 저물고 있는 오후
터널 속을 걸어가는 기분
그런 대로 볼 만했던
스크린 화면
별빛
차츰 아무것도 볼 수 없네

아침 점심 저녁 끼니를 분별할 수 없고
밥상 그릇들 더듬어도 인지 안 돼
도우미 손길이 잡아주고 끌어주고
더러는 수저가 되어

비벼주고 말아주고
떠먹여주고

앞이 보이지 않는다고
꿈을 가지면 안 되는가
아, 자괴와 모멸의 세월
더불어 접어야 할 목숨 아닌가
밀폐된 적막 속의 갈망
비바람 몰아치는 검은 바다 앞에 섰다
나는 왜 무엇을 찾아 여기까지 왔는가
목이 타는 절규
'오, 하느님!'

다시 입춘을 건너다

여든을 넘고
며칠 전 입춘을 건너는데
마른 가랑잎 굴러들듯
부음이 잦다

문상이 금지된 코로나19 세상
자녀들 이름도 모르고
친구 아내도 낯설어
벙어리 냉가슴이 따로 없다

자고 나면 지인의 투병 소식
예고된 일이긴 해도
귀가 막히고 눈도 멀고
내일은 어쩜 내 차례 아닐까

2부

불꽃놀이

유년 시절 동심을 유혹하는
촛불에 손이라도 닿으면
아서라 오줌 싼다
어른들의 경고
시골 호롱불 밑
밤새워 읽던 고전 명작
평생의 양식이었다

불은 인간 태초의 문명
사람과 세상을 밝히는 빛

과학시대에도 놀이기구처럼
아서라 촛불로 재미 본 사람들
불놀이는 예로부터
한 해에 한 번 정월대보름 전날
대청소 쥐불놀이로만 만족하라

하이얀 나비

봄바람이 살랑살랑
산봉우리 들쑥날쑥
하이얀 나비 한 마리
손님처럼 뜨락을 날면
장사익의 〈하늘 가는 길〉
전설 속 외할머니 오시네

머리끝에서 발끝까지
백옥 같은 차림새
채마밭 개나리 둑길로
바람 타고 오시는 듯
날렵한 날갯짓
허리 굽은 외할머니

달동네

나의 인생 8할은
달동네서 이루어졌다
도심 변두리 언덕 비탈길
길도 없고 전봇대만 불쑥
가난은 불편할 뿐 슬프진 않았다

어디선가 고장 난 라디오 소리
골목이 깜깜한 밤마다
일 년 내내 창문에 걸렸던
별빛과 달빛
내 가슴속에서는 무지개였다

어린 시절
아침 끼니 걸러 등교해도
일기장엔 늘 달이 떠 있었다

아르바이트 마치고 귀가하던 새벽길
가파른 비탈길에 주저앉아
하현달 안고 하염없이 울기도 했다

달동네는 지게꾼이 많았다
물지게, 연탄지게, 엿판지게
아버지의 빈 지게
박물 바구니 머리에 이고
비탈길 숨 가빴던 어머니

울도 담도 없어
하늘을 받들며 살던 동네
혈육 같은 이웃사촌

앞집 고등어 굽는 연기
옆집 청국장 끓는 냄새
뒷집 누룽지 긁는 소리
낮보다 밤이 더 좋아
그믐밤일수록 별이 등불이었다

순희

초근목피 먹거리
가난했던 시절
조부님의 명명
이기는 쪽보다 지는 쪽
참는 것이 아름답다

어른들께는 당연
자식들에도 필수
하물며 며느리, 사위에게도
순하고 따뜻하게
순희의 손과 발은 늘 바빴다

된서리 맞은 애호박 같은 젖가슴
가뭄 논바닥처럼 일그러진 손등
그 가슴, 그 어깨
얼마나 무거웠기에
허리가 굽고 고관절 중증
밤마다 뒤척이는 잠자리

아, 순희!
나의 엄마 이름
영원한 내 사랑!

쑥국

앞산 골짜기 잔설
노루 꼬리만큼 녹아 흐르면
아리아리 아지랑이 요람을 틀고
이따금 뻐꾹, 뻐꾹새
아기들 부르는 울음
산들바람 월츠를 출 때
냇가 둔덕에 해쑥이 머리를 든다

귀여운 옹알이 아기
셋째마저 홍역으로 잃은 어머니
해마다 이맘때면 아무도 모르게
일곱 살박이 나의 손 끌고
봄이 먼저 온다는
아기바위골 찾아 쑥을 뜯으셨지

쑥버무리
쑥개피떡
쑥인절미
봄 밥상의 별미는 쑥국
술국으로 으뜸이라는 아버지
푸르륵푸르륵
어머니 눈가의 이슬 보셨을까

반딧불이

예닐곱 어린 날
아직 전깃불 들지 않던
산골 외가에 머물며
호롱불 아래 책 읽던 시절
밤중에 홀로 잠이 깨어 눈 뜬 기억

대개 뒤란의 우물 빨래터 끝자리
호젓한 곳에 자리한 뒷간
갑자기 볼일이 생겼을 때였다
반딧불이 별처럼 춤추는
캄캄하고 낯설었던 곳
얼마나 당황스럽던지

선인들께선 한겨울
밤새 내려 쌓인 눈빛으로
책을 읽었다는 예화를 들며
반딧불이는 그보다 더 밝아
형설의 공을 쌓았다는 말씀
아직도 귓가에 두런거리는데
지금 눈앞에 그 빛이 번쩍인다

묵은지

묵은지 입에 넣고
고향 텃밭을 걷는다

지금은 허물어진
흙담 위 호박고지
지붕에는 빨간 고추
흰 수건 머리에 쓴
허리 굽은 어머니 기침소리

시래기보다 부드럽고
김장김치 향이 혀에 젖어
향수에 잠긴다

초동 친구 불러
묵은지 고등어조림
점심상 마주앉아
청국장 그 맛
술 익는 이야기
취나물 삶아 먹던
보릿고갯길을 넘는다

병점

수원은 태어나서 처음 알게 된
몇 안 되는 도시 중 하나
조선시대만 해도 화성으로
나름 위풍당당했다

봄 여름 가을 겨울이 뚜렷한
바로 이 도시의 출입구
사대문 중 동서를 연결하는
국도 3번 첫 마을
행인의 신발을 물고 늘어지는
찰황톳길
한때는 질그릇 옹기장이로 붐빈,
우리말로는 떡전거리

화성의 문이 닫히면
떡장사와 주막이 번성해
나그네들이 머물던 곳
경부선 간이역
거기에서 십이 년 숨을 쉬었다

천안역에서 서울역 통근열차
아침 여섯 시 십 분 병점역 탑승
오후 퇴근도 서울역 오후 여섯 시
언제나 마라톤 선수처럼
이마에 흐르던 땀방울
그때 그 모습이 아름다웠다

울음보 터진 날

몸과 마음이 건강하면
오래 산다 했는데
어쩌다 아흔을 반쯤 지나
화들짝 놀라시던,
돌아가시기 전 어머니는
어머나… 이를 어쩌지…
쯧쯧쯧…
머리에 손가락을 펼쳐서
리드미컬하게 두드려본다
골이 비었어
아무래도 내 골은 동굴이야
잔설을 머리에 이고 계셨던 어머니

애애, 애비야 문 좀 열어봐
네 아버지가 오시는 걸 봤는데…
수십 년 전에 돌아가신 아버지
밖엔 인적도 없었다
늘 잔소리처럼 입에 달고 사셨던
노년의 불청객
무서운 치매라는 터널인가

잠깐 바람 좀 쐬고 오겠다며
옆집으로 마실 가신 어머니
조금만 놀고 오시려나 했지
해가 져도
하루가 지나 삼 일
일주일을 넘겨도
내 집 네 집이 구별되지 않네

척척박사이시던 어머니
어느 날 갑자기 말문이 닫혀
손짓, 발짓으로만 소통
팬터마임 연기를 펼치신다
마침내 가족을 빤히 둘러보면서
선 채로 내의에 변을 보시곤
울음보가 터진 울 엄마
아, 마침내 그것인가봐

임진강 낚시꾼

이유 모를 거센 총질 폭우 속에
아버지 손 잡고 무작정 남쪽으로
달려 내려온 까까머리
두고 온 할아버지 할머니 보고파
스무 살 안쪽부터 발돋음한
임진강 나루의 낚시질
어쩌다 칠십 년

봄이 열리면 장안까지
소문난 명물 황복이 우글우글
장어, 쏘가리 메기와 신바람 났지

천여 년 역사 임진강 나루터
장파리 파주댁 막걸리도 일품으로
매운탕과 함께 꾼들의 화두

강물만 건너면 황해도 장단면사무소
뒷동산 조상의 묘지가 닿을 만한데
아, 쾌청한 어느 날은
마을 길 오가는 사람들

소리쳐 부르면 대답할 듯
그러나 아무도 돌아다보지 않네

아직도 달리고 싶은 철마는
머리만 북쪽을 향한 채
숨이 멎어 녹이 슬고
비무장지대 버려진 숲속은
천연 자연 동식물 낙원 되었네

어부바

어부바 어부바
자장 자장 자장

눈을 떠도 눈을 감아도
어머니 모습만 떠오르면
귓가에 맴도는
나지막한 그 노래

허리가 굽은 노년에도
손자 손녀 등에 업고
몇 번이고 되뇌던
아버지의 축축한 목소리

어부바 어부바
자장 자장 자장

치매인들 망녕인들 어떠랴
바람 속 코스모스 같은 어머니
가녀린 허리 위로
베개를 등에 올려놓고

어부바 어부바
자장 자장 자장

망부석

기침이 나와도
외로움이 스며들어도
단아한 단발머리
그대 곁을 서성이며
청사과를 씹는다

언제나 꿈속처럼
흰구름 흘러가는 곳
이유 모를 비감에 젖어
소녀 시절 그대 미소
마주보는 여든 살 소년
눈물방울 그렁그렁

어쩌다 그대가
몸져누웠다는 풍문에
가슴이 무너져 내릴 때
안쓰러운 소식 발돋움하는
영원한 망부석

당신이 그립습니다

학교 운동장 같던 등
전봇대보다 곧고 굳었던 팔
해머만큼 단단해 돌 같았던 주먹
동네에서 제일 힘센 황소
양처럼 다루었던 마부
무슨 일이든 거절하지 않았다

도시의 네거리 골목길에서도
땀에 전 작업복 차림
얼마나 자랑스러웠는가

삯일로 가계를 꾸릴지라도
가족 건강 위해
한 달 한 번쯤은 고기 파티
아들의 첫 출근 아침
택시 불러 자식 먼저 보내고
방금 도착한 전차에 올라 웃었던 당신

아버지, 그런 당신을
마흔다섯에 하느님께 바친
불효자는 오늘도 가슴을 칩니다

가장의 무게

왜 아침마다 아버지는
어머니 앞에 머리를 조아릴까
안타까운 눈길로 손을 내밀까

매일같이 집을 나서며
점심은 제때에 드실지 몰라
상사나 부서원과 부딪치진 않을까
더러 얽히고 막힌 일 때문인가
담배 좀 그만 피우시지
자칫 손가락 타겠네

노을 진 시간
모두가 퇴근한
텅빈 사무실
창가로 등 돌려
허공을 헤매는 눈길
무슨 잘못이 있기에
고개를 땅바닥에 떨어뜨리고
무거운 짐 지고 허리 굽혀 계신가

징검다리

지금도 남아 있을까
고향 마을 앞 개울 징검다리

오늘 같은 평일은
폴짝폴짝
징검돌로 가고 오고
여름날 소나기 갑자기 쏟아져
개울물 불어나 길이 막히면
"잠시 기다려! 업혀서 건너요"
헐레벌떡 등 내밀고 달려오던
칠복 아저씨

장터 다녀오는 길
멀찍이 세워놓은 자전거
새끼줄에 묶인
간고등어
그 비릿한 냄새
아직도 코끝에 맴돈다

서쪽 하늘과 땅이

검붉게 물드는 해질녘
서커스단 피에로처럼
소 등에 타고 귀가하는 초동
콧노래에 섞인 워낭소리
저녁밥 짓는 연기 속 메아리

어제
오늘
내일
수많은 발자국이 각인된
고향 마을 앞 수문장
징검다리
지금도 남아 있을까

귀성길

천둥 번개 폭풍우와 눈보라 휘몰아쳐도
귀향 차표 구하려는 사람들은 예나 이제나
강물처럼 출렁인다
어린 조카가 새벽부터 달려가 겨우 표를 손에 넣었다

새로운 도시 계획으로 선영이 사라질 위험에 놓였다
는 소식 듣고
수십 년 만에 재경 혈족 몇이 마음먹고 나선 귀향길
마을 앞 수문장처럼 서 있던 느티나무는 흔적도 없고
낯익은 건물과 사람들도 전혀 보이지 않고
개명된 길이며 동네 이름이 생소해 어리둥절했다

어느 하늘 끝자락이었던가
어떤 산기슭 비탈이었던가
업데이트한 내비게이션 안내에 따라
아스라이 추억의 강을 건너간다

저만큼 채마밭 둔덕 위 뽕나무숲
뒷들 밭이랑 논두렁들
모두 어디 숨겼나, 묻혔나

내가 살던 집터가 여기였던가, 저기였던가
장님 코끼리 만지듯
망연한 여정이었지만
마치 엄마 젖가슴처럼 포근한 고향 냄새가 발길을 묶는다

조상들이 잠들어 있는 땅
내가 태어나 자란 못자리
마침내는 머지않아 내가 돌아와 묻힐 땅
그곳에서 우리는 전설을 쓰고 있다

내가 선택한 길

아침마다 잠에서 깨어나면
길이 보입니다

때로는 번듯한 곧은길이
추상화처럼 보일 때도 있고
구불구불 시골 논두렁 같기도 합니다

어느 산자락에 이름 모를
작은 꽃들이 핀 소로길
나무꾼들 쉼터 같은
서낭당 길
문수암 오르는 산길
큰스님 독경하는 대웅전 지름길
상원사 전나무 숲길
선덕여왕의 꽃길
빅토리아 섬 장미꽃 길
은행나무 길
남이섬 겨울동화 길
강릉 동해안 카페 길
담양 대나무 숲길

사하라사막 수도자의 길

가도 가도 끝이 보이지 않는 길
내가 선택한 길
아무도 밟지 않은 순백의 눈길

빗방울

가랑잎 이리저리 나뒹구는
늦가을 오후 세 시 무렵
이혼한 초동 친구 자야와
산머루가 한창인
꽃뫼에 올랐다

가랑잎이 종아리까지 덮는
산 길섶에
너무 예뻐 짓밟혀진
들꽃 사이를 지나
고사목 의자에 자리를 잡았다

황토 향 물씬 젖은 바람과 함께
낙엽 한 장 떨어지는 듯싶더니
갑자기 빗방울 한 점
자야 손, 내 손에
어느새 눈물을 놓고 있다

단풍나무

장마철 빨랫줄에 내걸린
젖은 옷가지 같은 구순 할멈
연립주택 아래층
창문턱 밑에 손바닥만 한
꽃밭 꾸며놓고
좋아라 넘실댄다

가끔 색동옷 차려입고
목련꽃 접시꽃 장미꽃 과꽃보다
더 환하다

뒷동산에서 캐어다 심은
단풍나무 가꾸기 십여 년
물 주고 거름 주고
틈틈이 시름도 주고
청년처럼 건강한 가지 창문 기웃거릴 때
"내가 죽어도 네놈은 화려한 빛깔로 춤추며 뽐낼걸!"

박재삼 선생

여자로 태어났다면
맏며느리 자리는 맡아놓았지
춘향이 마음을 읽는다

육십년 초 현대문학 인쇄소에서 만나
첫 대면에도 익어가는 막걸리 향
박재삼 사백은
울음이 타는 가을 강
정감이 묻어나는 그 음성
젖은 듯 따스한 손을 내민다

마로니에가 흐드러진
동숭로 샘터 1층 카페 난다랑에서
차를 마실 때
"문명이 발전하자 인정이 말라
글 써서 주고받는 맛이 없어요"
쓸쓸히 담배 연기만 날리시더니

3부

봄날

이렇게 일없이 봄날은 간다

내 마음 좁은 영토 안에
온갖 꽃들의 싹이 수런거릴 때
무지개 같은 나비들이
춤을 추고
한낮의 호수
별처럼 반짝이누나

먼 길 떠나는 날
지금처럼
하늘 열리고
품이 넓었더라면
용트림하는
그대의 손 놓지 않았을 것을

일없이 그렇게 봄날은 간다

우체통

불볕 여름날 오후
어느 낯선 마을 골목에서
지인 집을 찾아 헤맬 때
매미 울음소리
한 줄기 소나기처럼
시원스런 합창이 끝난
십자로 끝자락에서
마주친 기쁨창고 빨간 우체통

휴대폰이 보급되면서
카카오톡으로
메시지로
옮겨간 문안인사
편지 쓰기 피곤해졌을까
마을 앞 보물로 서 있던 우체통
모두 어디로 쫓겨났을까

마드리드 바닷가

집시의 향연이 한창인
마드리드 바닷가
쓰나미에 밀리는
투우사여
누구를 찾아가는가

썰물로 돌아가는 물길 속에
낙오한 대어의 몸부림
사공 없이 흐르는 목선
가는 길이 어디인가

넘어지고 또 넘어지고
격전지에 쓰러진 전우들
밤새 쓰레질하며
너울 속에 숨어오는 이
물보라 흩날리는 광야를 지나
너는 어디로 가는가

모과

제 맘대로 개성 있는 모습
못생겨서 미안해요

뒤틀린 배알
심술궂은 성깔

시련은 성공의 용광로
진주로 숨겨진 석청

허수아비

왜 그렇게 벌판에 떨고 있지
멀고도 먼 여로의 끝인가
피곤도 잊은 채

또다시 팔 벌려
모기를 쫓고
새들을 몰고 있나

사랑과 미움 한오백 년
얽히고설키고 맺힌 세월
뱀처럼 잘도 넘는다

낮술

코로나19 터널 속
장마도 아니면서
한 달이 넘게
시나브로 비가 내려
술꾼이 아닌데도
한잔쯤 생각난다

집을 나선 발길은
자연스레 문을 연 주막집
아직 대낮인데도 북적인다

낯익은 탁자에 자리를 잡자
시중 소녀가 부리나케
술잔과 막걸리 병을 놓는다

이보게들, 어디에 있는가
풀꽃 같은 포말이 뜬 잔을 들어
이승을 떠난 친구들을 부른다
어느덧 술잔이 가득
낮술도 취하는구려

편지

무심히 걷는 보도에서
나뭇잎 굴러와 발에 밟힐 때
문득 편지를 쓰고 싶다

생각해보면
여든 넘게 지고 온 인생
이웃 응원이 디딤돌 아니었나

일생 동안
얼마나 많은 지인과
몇 번쯤 안부를 묻고 지냈던가

아내에게 처음으로 받은
신혼 초의 러브레터
생애의 가장 고귀한 보물

넥타이 매어주고
구두 닦아준 적은 없어도
실직하고 낚시에 미쳤을 때
비 내리는 정거장까지 마중 나와
우산 씌워주며 낀 팔짱
오십 년 지난 지금도 눈시울 적시네

섬

동백꽃 그리우면
선운사 후원을 찍고
부산항 오륙도
여수의 오동도를 찾는 사람들

그러나 나는
소녀의 유두 같은 섬
지심도로 간다
동백꽃 속에 몸 숨기러

섬은 바다에 뜬 흑진주
그리움의 깃발
기다림의 여권

짜집기

동네 앞 로터리 서쪽 길가
세탁소 유리창
옷 수선도 하고
짜집기를 한다고
큰 글자로 써 붙였다
가난한 단벌신사
해진 바지 등을 감쪽같이
재생한다고 소문난 집

세상엔 짜집기 기술이
여러 부문에서 성행한다
우리 지역 국회의원
의정발표 보고서 좀 볼까요
입후보 때 듣지 못한 시민 복지
여도 야도 무소속 발의까지
모두 주워 모아 짜집기
허울 좋은 개살구

혼술

오늘은 쐬주 잔보다
막걸리 잔이 좋겠어

혼술에 절은 독고 남
자, 잔 받으시게
님은 품어야 힘이 솟고
술잔은 차야 흥이 난다

어, 이 사람
정인가 한인가
잔이 춤을 추고 있네
아니, 눈물이 일렁이네

그럼 한 잔만 더
따르는 마음
마시는 마음
밤을 넘기고 낮이 흐른다

석류

수수한 겉옷을 벗으면
온몸 가득
진주가 터질듯 박혔다

저, 옥구슬 치아 좀 봐
열다섯 살 소녀
유두 아닌가
아니, 아니야
더 깊숙이 감추어진
아기집 같애

아무도 열어보지 못한
바다 속 보물 창고
비밀의 문 꼭 잠긴 옥합

노을

서쪽 하늘 자락
붉게 물들이는 황혼
누가 추하다고 보는가
일몰의 마지막 몸부림
적폐로 쌓인 속에 고인 퇴적물
시너를 뿌렸는가
저 숨넘어갈 듯 타오르는 불꽃
불새의 날개
누가 노년을 폄하하는가
미완성에서 완성으로 가는 길
더러 비정한 쓰나미처럼
저 거대한 무도회를 보라

해로

한 집
한 방에서
자고 깨어나도
아는 이 같기도 하고
낯선 이 같기도 하고
데면데면한 그 사람과 나
어쩌다 동행 오십 년

새벽마다
거실에서 펼쳐지는
유령놀이
아파트 엘리베이터에서
가끔 만나는 이웃 주민처럼
눈길도 마주치지 않고
정수기 물 한 모금씩 마시고는
사막을 걸어가듯
흰 머리카락 나부끼며
서로 다른 시간에
외출을 한다

치매는 아니건만

어제도

오늘도

해질녘

낯선 간이역에서

막차를 기다리는 두 사람

플랫폼의 실루엣

풍경

용주사 대웅전 지붕 처마 끝에
매달린 풍경소리
아버지 그리는 정조의 한인가
하염없이 울고 있다
한 장뿐인 나뭇잎 흔드는
산들바람에도
갈댓잎 연주
사도세자의 기침소리

가랑잎

한순간이 아니고
한 시간도 아니고
한 달을 울고
한 해를 절규하면서
칠흑 속에 갇힌 나의 눈

아침 침대에서 내리면
밤인지 낮인지
잡히지 않는 오늘
어떻게 식탁으로 갈까
으레 찾는 도우미의 손

어제도 오늘 같고
오늘도 어제 같아라
어제 오늘 내일이 똑같은 날
아, 나는 댓돌 위에 떨어진
가랑잎 인생이 아니던가

보았는가

그림자 속 그림자
너는 보았는가
민낯으로
새침데기
영리하게
교활하게
대로를 활보하는 나를 보았는가

그림자로 숨으려 하는 자
거짓을 감추고
진실을 덮고
참을 저버린 위선의 삶
영원한 밀폐자

더러는 바람이 불어
선행
자선
진리
민들레 씨앗처럼
온 산천에 떨어져
싹을 틔울 때
나의 그림자에 숨는 나의 그림자

돌

정채봉의 동화에는
〈숨 쉬는 돌〉이 있다

하느님의 말씀
"집 짓는 이들이 내다버린 돌
위대한 성전 머릿돌이 되었다"

선택받은 돌
살아 있는 돌
바닷물에 씻긴 조약돌
칠흑 같은 밤하늘에
한꺼번에 쏟아 붓는 별들
온 세상을 고귀하게 밝히는
돌이 숨 쉬는 궁전은 없을까

거울 앞에서

웃고 울고 찡그리고
어디에서 본 듯한 나를
날마다 마주 세워
벌을 주는 곳 있었다

아침 잠자리에서 깨어
면도를 하면서
세수를 하면서
식사를 마치고 옷맵시를 살피면서
출근 준비를 하면서
주요 인사를 만나면서

낮과 밤 때도 없었다
깨끗한 차림인가
앞모습을 보고
뒷모습도 보고
살아 있음을 확인했다
내가 나를 바로 보는 순수
형제가 보이고
이웃이 보이고

그러나 오늘은
어둠 속에 또 어둠뿐
내가 나를 볼 수가 없다

쇠똥구리처럼

밀지 마
밀리지 마
왜 자꾸 밀어
야, 쇠똥구리 같은 친구야

제 몸의 크기 몇 곱절은 될
둥글고 큰 소똥덩이를
앞쪽 두 발로는 밀고
뒷발로는 뒤로 밀리지 않으려 버티며
앞으로 나아가는 쉼 없는 복습
날개를 달고도
평생을 날지 못한다

너는 무슨 잘못이 있기에
몸의 몇십 배가 넘는
소똥덩어리를 굴리는가

평지는 평지대로
비탈길은 너무 힘겨워
빗물 같은 땀에 젖은

시시포스 같은 탄식
서럽고 허허로운 이 순간
하늘엔 심술꾼 빨간 잠자리만 날고
낮달은 부질없이 웃고 있다

저를 보시거든

앞 못 보는 저를 보시거든
소쩍새 숨 끊어질 듯 울던 그 밤
달빛 속에 무슨 일이 있었기에
뒷동산 소로길이 수런거렸는지
묻지 마세요

앞 못 보는 저를 보시거든
공개된 자리에 얼굴 내놓고
새벽바람 사초롱한 웃음 보인다고
미워하지 마세요

앞 못 보는 저를 보시거든
이슬 젖은 옷차림
노숙자처럼 초췌한
모습이라고 하대하지 마세요

앞 못 보는 저를 보시거든
실로암 호숫가에 눈 씻으러 왔던
만남의 인연일 뿐
홍등가 여인처럼 오해하지 마세요

앞 못 보는 저를 보시거든
는개 짙은 끝 모를 여정 나선
나그네 앞길 밝혀주는
등불로 봐주세요

김춘호 제2시집

실로암 호숫가

초판 인쇄 2021년 12월 10일
초판 발행 2021년 12월 15일

지은이 김춘호
펴낸이 홍철부
펴낸곳 문지사

등록 제25100-2002-000038호
주소 서울특별시 은평구 갈현로 312
전화 02)386-8451/2
팩스 02)386-8453

ISBN 978-89-8308-567-2 03810

값 10,000원